청어詩人選 418

떠남은 서낭이다

이경석 시집

청어

서시

소라 껍데기 닮은
빨강 우체통 옆에서 엽서를 쓴다
그러다 문득
이 우체통은 왜 빨간색이며
이곳에서 얼마나 오랫동안
지나가는 사람들을 바라보았을까
그리고 홀로 많이
외로울 거라는 생각을 한다
사람들이 다녀간 흔적들은
먼지 덮여 사라지고
그 위로 서푸른 시간이
켜켜이 쌓여가고 있다

나는 엽서 위에 그림을 그린다
기다림으로 익은 이름과
마냥 머물고 싶었던 공간과
여름밤 기타 소리와
달맞이꽃처럼 피어나던 모닥불과
모래강변으로 쏟아지던
별빛을 그려 넣었다

가장 아름답고 순수하던 시절,
그 감성으로 사물을 바라볼 수 있기를
두 손 모아 기도하며
시를 쓴다

차례

2부 헤어짐이 기습인가

3부 다시 수선사로 가자

4부 망설임은 늘 그자리다

제1부

가끔은 하늘을 보다

철학은 남루하고 누추하였다
어느 날은 눈이 멀었다
그래도 철학은
빛나고 화려하고자 했다
두서없고
생각없이 오직 사랑하였다

꿈을 꾸다

어제 꿈속에선
열아홉 겨울처럼 눈이 내렸다
동무들이 걸어가던 동구 밖까지
풀풀 흙냄새 일으켜 세우는
곁두리 풋눈이 내렸다
사랑 사색하던 자드락길
해맑은 긴 설렘
꿈을 찾아 무작정 산 넘어
서쪽으로 떠났던 이들은
어디를 지나고 있는지
재넘이 열아홉 기억은
맞출 수 없는 퍼즐이 됐는데
떨어져 나와 뒹구는
한 조각을 주워들고
호명하고 호곡하며
몇몇 동무에게 보내주었다
나처럼 잠시나마
머물고 싶었을 곡두라 여기며

코스모스 그리고 당나귀

별 닮은 코스모스가 피면
작은 당나귀는
둔치를 초원 삼아 맴을 돈다
춤추는 노랫소리
코스모스 송이마다 내려앉아
가도 가도 멀어지는 초원은
앙증스러운 작은 몸집으로
이미 긴 순종을 배우고 말았다
작은 둘레만 맴도는 꿈속은
스멀스멀 피어나는 체념을
푸른 달빛에 풀고
조그만 당나귀 하나를 태운 강물은
왜 저리 저렇게 제자리인지
새 옷 입는 코스모스 분주하고
새 옷 입힌 당나귀는
가을이 줄곧 어지러웠다

예고된 철학

철학은 남루하고 누추하였다
어느 날은 눈이 멀었다
그래도 철학은
빛나고 화려하고자 했다
두서없고
생각 없이 오직 사랑하였다
초라함을 사랑하고
가려짐을 사랑하고
음달짐을 사랑하였다
이윽고
오후에서야 눈을 떴지만
느린 빛을 따라 걸어갔다
스러짐이 시작되고
기다림이 스러졌다
어쩜 예고된 것이었다

떠남은 서낭이다

미동 없이 여기 서 있는데
떠남은 서낭이 되었다
바람에 젖은 혼은
길게 허우적거리다 떠나갔다
처음 그에게 다가갔을 때
단 한 번 미소 없었다
삶에 더는 마술이 없어진 시간에서
꿈은 곡선 없는 막다름에
입을 굳게 다물었다
이제 어디로 가야 하는지
분간 모르는 칠흑의 밤일지라도
어쩌랴
떠남은 단 하나 남은 설렘이다
길을 잃어 비틀거려도
저기 저렇게 은하수 우글거리는데

가자,
또 껍데기가 되더라도

바람이 네게 말한다

죽도록 힘드신가
처절히 외로운가
그래도 다른 사람을 만나진 마라
사랑은 사람으로 잊어야 한다
그리 여기지 마라
잃은 사랑이라도 버리지 마라
사랑은 상처받아 옹이 되고
그리움 머금어 전설이 되며
화석이 되는 것이지
힘들다고 구걸하진 마라
사랑은 그리워할 수 있다면
늘 살아 있는 것
또다시 피어날 수 있는 것
손해 보는 것 같지만
바람이 네게 말한다
전설이 된 사랑이
화석이 된 사랑이
너를 아름답게 하는 것이다

오솔길을 만나다

참돔 헤엄치는 연인산
홍싸리 닮은 오솔길을 만나면
쿵쿵 가슴이 뛰지
길은 굳이 길지 않았어
구십 미터쯤이나 될까
살며시 왼쪽으로 굽어가다가
오른쪽이 미더운 듯
슬며시 오른쪽으로 돌아서고
마주 보며 걸어올 누군가를 위해
잠시 걸음을 멈춰 기다리면
길이 또 앞서서 걸어가고
어린 햇살이 나뭇잎 사이로
아장아장 따라 걸었지
갈바람은 짓궂게
목젖을 간지럽히고

기다림

스멀스멀 오고 있다
오고 있는 발소리를 듣는다
가까운 아지랑이 같이
곁에 있는 숨소리처럼
분명 소식이 있는 게다 오늘은
목을 길게 빼고
한동안 뜸했던, 하지만
한 번 잊어본 적 없는
꼬리가 긴 파랑 바람이다
초록초록 형상이다
초롬초롬 이름이다
볕뉘가 넌지시 내려온다
아, 기다림
명지바람이다

호수

칠흑의 밤을 지나 별이 지는 새벽
물 깊은 듯 그리움 드리워
고요는 물에 젖어 밑으로만 가라앉고
호수는 비로소 하루를 안주한다
잔잔함을 눈썹 달빛으로 베어 문 호수에는
변질과 부재를 알리는 바람소리뿐
차가운 수면 위로 누운 의식은
한숨 같은 침묵을 쌓아놓았다
소리 내지 않지만 희미해질수록 또렷해지는
공간은 습관처럼 새벽안개로 가득하고
설렘 열정조차 아직 자욱하지만
호수는 분명 아침을 기다리고 있다

내게 남기는 편지

지금까지 그리워하였고 사랑하였다
그리워하기 전부터
사랑하기 훨씬 전부터
마냥 기다리고 기다리는 게
숙명이라고 생각했다
논리에 맞지 않는 감정이라 해도
그것이 내겐 순리였다
가슴에선 법칙이 되었다
때론 절망으로 아스라이 지고
긴 절벽만큼 빠른 추락이지만
아주 오래된 편한 아픔이었다
순간이거나 찰나이거나
빛을 발하던 모든 것들이
기다림으로 통하고 나는
이 모두를 단 한 장
편지에 옮겨 적어야 한다

새벽 기러기

흰 새벽 붉은 하늘
해 아직 떠오르지 않았는데
한 무더기 기러기 떼
맨 앞에 선 놈이 끼룩끼룩 추임새
설대형 대열을 만들어
백운봉을 돌아 나르는 저들
손을 뻗으면 잡힐 듯하고
내려다보면
앞으로 쭉 뽑은 모가지 강인해 보이다가
끄트머리 달린 머리가 너무 작아
설리 경이롭다
어느 곳 찾는 날갯짓이기에
이리 명료할까
무엇을 추구하는 날갯짓이
저리 진지할까

짐을 풀고

그간 어디에 있었을까
어디로 가는 것일까
감당할 수 없는 짐을 메고
누구를 만나려
무엇을 찾으러 가는 것인가
그러다 문득
그는 닿을 수 있는 대상이
아닐 거라는 생각을 한다
기다리고 있지 않으니
서둘지 말자는 결론을 낸다
비 오는 거리
어둠 내린 강가
안개 자욱한 벌판
꼿꼿이 앉아 저들을 바라보라
그리고 짐을 풀고
다 내려놓아라
훌훌 버리고 쉬어가라

섬강

하얀 구름 종일 한가하고
밤은 닻별을 볼 수 있음이
꽤나 큰 혜택이라 말하는 강
석양엔 산 치악이 걸어오고
부드러움보다 더 은밀하게
수면 위를 더듬는 밀회
새벽은 안개보다 는개인 듯
때론 비틀비틀 물가로 나와
쑥 가슴으로 손 디민 바람은
강을 스멀거리게 하고
아침 구룡사 예불 소리에 취해
잠시 걸음을 멈췄던 강은
덜컹, 다시 흐름을 시작하는

무인도

섬은
좀처럼 입을 열지 않았다
십일월 하늘에서
뚝 떨어진 황량함일까
세월에 그을린 등은
마른 억새보다 부스럭거렸다
불쑥 왔다가는 쫓기듯
이내 떠나는 이들에게
매번 다치지 않으리라 하건만
느린 뱃고동이 울리고
배가 가물가물 흐려지면
마치 먼 바다 바라보는 양
얼른 고개를 돌릴 뿐

어쩌다 여행

겨우내 무뚝뚝 말이 없던 나목이
초록 날개를 쑤욱 꺼내어
안아주겠다고 팔 벌려 다가오고
버스에서 막 내린 설렘은
호기심조차 길가 저기쯤 던져놓고
봄볕이 내려와 반짝이는 곳으로
무작정 흘러가 보는 것이다
바닷가 모래톱에 올라와 쉬고 있는
모시조개 하나 툭 건드려 놀래놓고는
미안하다 손사래 치며 줄행랑
이젠 수순에 있는 것들은 던져버리자
여행은 무계획일수록 좋은 것이지
세상 이름 없는 것들을 만나고자
떠난 것이니까

헌데 말야,
더 많은 그들과 만나기 위한 여행이
더 많은 그들과 다시는 볼 수 없는
마지막 여행이면 어쩌지

가끔은 하늘을 보다

가끔 하늘 올려다보고
어디로 가는 것일까
오직 흐르는 것이라면
마음 한 결 미리 닫아걸고
진작 별리에 익숙해질 것을
새벽 맺힌 이슬은
떠오르는 해를 연호하고는
자신이 말라 감을 알지 못했으니
길은 언제나 두 갈래였고
오르내림이 반복됐거늘
품은 열정, 뿜는 입김도
문밖에 시든 오후 볕이었는데
그조차 경계하지 못한 게으름
그래도 후회하진 말자
게으름도 삶의 방법이었으니까

쥐굴

혹시라도 뭐가 있을까
어둠을 향한 깊은 설렘이다
추수가 끝난 땅콩밭에
여섯 시 칠레쯤 방향으로
아래로 곧장 뚫린 쥐구멍
해 질 녘 갈 하늘
초가 굴뚝에서 피어오르는
포만감이었다
컴컴한 저 속엔 무언가 꼭 있으리라
누르스름 무엇이 있을 것이다
주름 깊이 팬 늦가을보다
더 큰 열망이었다
아침 동놀이었다
누런 아름다움이었다
긴 여정 마무리까지
그놈은 여전히 미확인이었고
시간의 막다름에도 굴은
어디론가 이어가고 있으리라

아웃사이더

첫눈 내린 산길에
너울너울 나비 한 마리
꽃은 이미 지고 없는데
어쩌자고 철 지난 놀음인가?
자태는 연노랑에
동작은 팔랑팔랑
남아 있는 햇볕
한 조각이면 된다고
산속 나그네 눈길
한 번이면 된다고

젖은 소리

끝이 어디냐는 소리가 들렸다
가끔 들리는 소리라 여겼는데
짙은 밤비 서리 내리면
마른 땅을 적시는 바람처럼
소리는 더 크게 다가왔다
하늘을 서성이고 물 위를 걸었다
보리암에서 평원을 바라봤다
그러다 북한강 물 빠진 바닥
한 겹을 기다리다 지쳐 적멸하는
낡은 고깃배에서 보았다
끝이 시작이고 시작이 끝이더라
결국은 흐르는 것이더라

히구치 이치요*

그녀가 가슴으로 들어왔다
느릅나무 음계 어정쩡한 위치에 서서
어른이 되는 것이 싫다며
흰 외마디 질러대던 그녀

삶이란 어쩜
버드나무에 부는 바람처럼 부질없는 일
시작을 말자
한숨 소리 가득한 누추한 바다에
우리 사랑을 내세우지 말자
응달의 지대에 서 있는 연인들아
얼마나 아픈 고통이냐
내 사랑은 어른이 되기는 할까
돌아갈 수 없다면
차라리 설해목이 돼 부러지리라
비바람 치는 겨울밤 그녀는
낙타를 거룻배에 싣고 바다로 나갔고 말았다

바람처럼 존재한 24년 6개월의 전설
히구치 이치요
그녀가 쑥 가슴으로 들어왔다

*일본 근대 여류소설가(1872~1896)

2부

헤어짐이 기습인가

검은 옷을 입은 동무를
냉동 칸에 누이고
나는 이제서야
그와 헤어지는 연습을 하네
그는 기습처럼
이미 나를 떠났는데
이렇게 늦게
'너와 함께여서 참 좋았다'는
때 잃은 인사를 하네

섬진강은 봄으로 흐르다

강가에 누운 시간 따라가다가
헤어지고 다시 만나고
간혹 둑에 주저앉아
시간을 끌어안아 보지만
또 저기 앞서가고 있습니다

봄 첫발 하얗게 내딛는 날
동면 막 끝낸 뱀 몸짓을 한
섬진강 17번 국도를 따라
산수유꽃 성하게 피어나는
섬진강으로 갑니다

거긴
청년 하나가 강가를 서성입니다
모래톱에 서서 무언가를 찾는 그를
등 뒤에서 몰래 훔쳐봅니다
해마다 봄이면 섬진강으로 가고
청년은 아직 섬진강을
서성이고 있습니다

꿈을 누이다

성난 밤바다
인간 굴레를 닮은 모습이다
각자 모두 역할을 다하고
자신에 겨워 깊어가는 어둠
파도 소리 모래에 누워
몇 개 술병을 비우고 나면
나는 또 돌아가야 한다
별자리처럼 익숙해진 자리
패이고 닳고 닳아서
일 획을 긋고 소멸하는 유성처럼
탈출하는 꿈을 음모하다가
가슴에 검을 겨눈 찰나
붉은 피가 채 뿜어나기도 전에
얼른 비겁의 등 뒤에 숨고
나의 알량한 꿈일랑
밤바다에 수장시킬 뿐이다

두물머리

실살 구름 종일 게으르고
모인 듯 고요한 듯 소리 없어도
강은 소곡한다
굴곡이나 너설의 자리라도
물 아래 웅덩이 지루가 생기고
작은 천이 무수히 모여
시간 뜨는 공간 생겨나
물은 떠밀려 흘러가는 것이다
그리하여 강은
별빛 일렁임에 허우룩하고
운길산 구름에
줄곧 기다리라 말하는 것이다

흔적

산이 있어 오르는가
골이 있어 흐르는가
만남이란 바람처럼 다가와서
훌쩍 바람처럼 흔적 없는데
아무리 해가 지고
몇 남지 않은 시간이라도
직유의 생과 은유의 삶이라
생은 오직 삶이어야 되는가
흔적은 필히 남겨야 하는가

이번 생에는 없는
나의 흔적

헤어짐이 기습인가

검은 옷을 입은 동무를
냉동 칸에 누이고
나는 이제서야
그와 헤어지는 연습을 하네
그는 기습처럼
이미 나를 떠났는데
이렇게 늦게
'너와 함께여서 참 좋았다'는
때 잃은 인사를 하네

나는 다른 그들에게
부탁의 말을 전해야 하네
서로에게 '좋았다' '고맙다' 말할
한 줌 시간은
벌어줘야 하지 않겠나?!

딱지가 앉다

게으름이 길게 숙성되었다
감정은 약한 틈새로 흘러내리고
잠깐의 폭우였는데
이성은 쉽게 무너졌다
흐르지 못한 물은
밤에서 밤으로 흘러갔다
낮달이 구름 뒤 몸을 숨기고
갈라진 벽으로 시간이 스며들었다
기억들이 입속에 고이고
침묵은 춤을 추었다

바람이듯이

달빛이 가루비로 쏟아집니다
남루한 공원 가로등이 비를 맞고
오랜 시간 젖은 벤치 둘은
마주 보고 이야기를 시작합니다
에스프레소 첫맛 표정으로
돼지감자꽃 노란 향기로
켜켜이 감춘 이야길 꺼내고 있지요
웬만해선 빠지지 않을 십 얼룩을
말갛게 빨아 널 수 있을 것 같고
윤회로 덧칠될 것 같은 밤에

흩어지는 것이 바람이듯이
흘러가는 것이 바람이듯이

토평리 길

줄곧
길섶 한 포기 풀에 의미를 부여했다
차마 길 위엔 내려놓지 못했던 꿈이
바르르 내려앉아 걸어가고 있다
어떤 이의 전부였을 원두막 녹슨 호미가
오후 햇살에 잠시 반짝였다

저기 앞서 걸어가는
한 사람 뒷모습이 보였다

봄날에

서울지하철 5호선 아차산역
승강장에 선 여든쯤 남자
누군가와 통화 중이다
옷은 아차산 동백만큼 진노랑이고
봄볕 목소리
활짝 웃는 치아는
박꽃처럼 희고 가지런하다
얘깃거리는 소년이고
조잘거리는 말투는
걱정 하나 없는 초동이다

미숙성이야

삶으로 빚은 시간이
제법 깊어졌다고 여겼는데
그래서 이제는
달 항아리 풍만한 허리로
다 품어낸다고 믿었는데
떠밀려 들어간 순간
차디 찬 흙탕물이었네
허리는커녕
발목만 담는 바닥이었어

우는 여인

느티나무 고목에 기대어
어깨를 들썩이는 여인
다가가 위로하고 싶지만
차마 그럴 수 없었다
울음은 자신에게 하는 고백
긴 겨울밤
흐린 눈길 먼 별빛에 두고
잠시 후련해지는 순간
아마 해탈일 것이야
숱한 해탈을 이룬 그 여인
지금 어디에 있을까

막다름

길은 끝이 없을 거라 여겼다
하지만 길에 막다름이 생기고
비로소 주변을 둘러보지만
길은 여기가 끝이었다
한눈을 팔지 않음이
걷는 이 본분으로 알았는데
이 길의 끝은 무엇인가?
노해 눕고 어둠 벌겋게 감싸는데
우두커니 서 있는 사내
한 조각 높새가 숨 몰아
그를 슬쩍 안아주고는
서둘러 그곳을 지나쳤다

청산도

가을이
파도에 일렁이는
그래서 스스로 전설이라 말하는
파랑파랑 섬 청산
상서리 돌담 거니는 바람소리가
섬 여인네 한으로 만든
구들장 논에 서리 내린
설은 꽃으로 피어나 말한다
서럽게 굽이진 비탈길을
터벅터벅 내려오는 소리
고단하고 성가신 기억일랑
파도에 훌쩍 떠나보내고
섬은 말간 얼굴을 하고 있다

봄, 돌섬강

돌섬마을 봄은 스무 살이었습니다
설렘을 실은 시외버스가 닿으면
청춘들은 무작정 강가에 내렸습니다
멀리 예봉이 올려다 보이고
강은 흐느적 누워있습니다
물가로 이어진 명주 모래밭은
파릇한 향기가 잔뜩 피어나고
강은 미로인 듯 오수를 즐깁니다
봄볕도 게으름에 상관없이
은빛 모래톱에 드러눕고는
멈춰 선 순간을 강둑에 심었습니다

외옹치 바다

하얀 입김을 뿜으며
포효하는 새벽 바다
그를 바라보는 남자는
그를 닮았다
파도는 무엇을 말하지 못해
밤새 소리치며
저리 힘든지
별 없는 해변에서
비 오는 처마에서
줄곧 그를 바라보는데
그곳에서처럼 여기에도
도새 소리 그득하다
원산은 무슨 이유로
저 파도처럼
노하고 있을까
낙엽, 철 지난 바닷가
모두 설렘이었는데
흐르는 바람 한 조각도 지금
남자를 위로하지 못하니
늦은 마무리로
그린비가 내리다

브람스 음악

브람스 음악을 들으면
왜 가슴이 두근거리는지 아세요?
스승의 아내
클라라 슈만
그녀를 몰래
짝사랑했기 때문입니다

내설악 노송

그곳에서 본 적 있는가?
오르면서 만 볼 수 있는
운이 좋아야 그를 만난다지
칼바위 아득한 긴 절벽
틈새에 뿌리내려 하루를 사는
오랜 가뭄의 날은 오로지
새벽이슬로 산 천년
겨울은 몸 숙여 소멸을 배우고
서툰 욕심 절벽 아래 내던졌다
존재는 찰나라는 것
그것이 치열한 그의 생이라면
이도 삶이라 해두자
열정이라면 이 또한 사치
아름다움 그건 인간의 몫이겠지
오직 미세한 틈을 찾아
생의 집착을 내렸을 뿐이다

사랑은

사랑은 결과가 뻔하다며?!
그래도 어쩌랴
살면서
그만한 것이 없으니

오동나무

유월이 낮달에 걸려 있었습니다
길섶에서 부르는 목소리 들려와
급히 돌아보려는데
소리보다 먼저 등불 하나가 동공 속으로
잡혀 들어왔습니다
오동나무가 자기 잎보다도 더 큰
목소리로 불러 세웁니다
온몸에 단 덩치 큰 잎사귀로도
자신의 전설을 감당하기 힘들었나 봅니다
나무는 유월 감성과 딱 어울리는
등불을 밝히고 있습니다
결코 누구도 따라 할 수 없는
비색 보랏빛으로 말입니다

물억새의 꿈

동살 서릿바람이 불었다
흰 옥양목 열병하는 무리
낮곁 지난 몸은 허덕이고
숨에 겨워 주저앉았다가
바람이 먼저 지치면
못 이긴 채 일어나서는
흐린 몸짓으로 춤을 춘다
서리서리 스러지다가
배수의 진을 친
황산 병사들 함성같이
오롯이 고개 드는 억새
가끔은 청명 하늘에 대항하는 듯
의젓이 미소 머금어
스멀스멀 나부끼는 순백의 꿈

3부

다시 수선사로 가자

별빛 널을 타고 뜰에 내려
시린 그림자 마당에 서면
흩어진 목소리 주워 담아
별 소나기 뚝뚝 쏟아진다지

알고 있을까

가을은 알고 있을까
시간이 바람에 날지 못하고
나무 밑에 떨어져 구르는지를
묵언으로 채 하지 못한
마무리를 하고자 함을

시간은 알고 있을까
가을은 가을일 때 서럽다는 것을
기다림을 닮은 가을이 발 굴러
섧다는 것을
이미 멀리 간 어긋남이
또 섧다는 것을

미련

맛문한 비가 비로소 내립니다
빗소리 향기에 이끌려 그에게로 갑니다
창밖을 서성이다가
뒤돌아 오는 가슴에는
빗물이 강이 돼 흐릅니다

그믐밤 별빛이 소나기 내리면
별빛 참 좋다고 그에게 갑니다
창문에 내린 연둣빛 별빛 보면
별은 붉은빛으로 돌변해 나무랍니다

애써
뜨거운 마음 꺼내 뿌려놨는데
어둠은 잠시 흩어졌다 모여듭니다

사나운 날

전혀 예상치 못한 순간인데
미처 생각지 못한 자리인데
기우뚱 다다다 꽈다당
계단을 내려가다 손목뼈가 와장창
고통은 다음이었다
황당함도 다음이었다
대체 왜 넘어졌는지
나에게 수없이 되묻는다
-액땜이야
-그만하길 다행이지
-조상이 도왔네
-그나마 왼손이라 고맙지
병원에 누워 많은 위로의 말들에도
동의하지 못하고 있다
다시 독백한다
-도대체 왜 넘어졌을까
-나이를 먹은 게야
-체중을 줄여야지

-구두 밑창도 갈아야 해
젠장 아파서 죽겠는데
몸 따로 마음 따로
참, 운수 사나운 날이다

안부

익숙함보다
어색함이 더 많아진 돌섬 강변에
강둑 모서리에 서 있는 패랭이꽃 하나
쪼그려 마주 앉아
초동들 안부를 묻는다
동호 오복이 봉수 민수 봉자 경란이 덕이…
'걔들은 지금 어느 있느냐?'고
말끔히 마주보던 그가
휘둥그레 나에게 되묻는다
'너하고 있지 않았어?'
나는 너에게 걔들 안부를
들으려 하는데

아버지

웃음소리 밝은 대낮에
그믐치 낮달이었다
당신도 때론 어두운 밤 밝히는
달이 되고자 했을 텐데
물속 낮달이었던 당신은
푹 젖은 외로움을 왜
기다림으로 말리려 했을까
존재하는 것만으로
또바기 정을 말하려 했건만
자식은 밤하늘 빛나는
닻별을 동경하고 말았다
낮달은
밤이 되기 전에 지고

그 섬에 가면

수평선 위 젖은 석양 받으며
구불구불 섬 벼랑길
여기저기 전설 기웃거리다가
어둠이 내리면 별들 길을 잡고
초행길 나그네는
호흡마다 목쉰 신음 쏟아내
섬은 또 그렇게
하루를 어디론가 흘려보냈다

어머니 댑싸리

토평리 시월은 목마름이었다
가을이 상강으로 허기질 때
어머니는 댑싸리를 털었다
한 해를 엎드려 키워
토평리강 마른 돌밭 위에 널린
붉은색 댑싸리
땀 젖은 햇살로 물든 몸은
산돌림 바람 소릴 내고는
홀쭉한 알몸으로 변해갔다

스마트폰

잠시 고개를 돌리지 못한다
순간 찰나도 빠트리지 않지
곁에 두지 못하면
나들이 나와 어미 잃은 아이처럼
자지러지고 만다
그야말로
파릇한 봄날 눈길만 돌려도
멀리서 온 별빛에 관심을 보여도
자신에게 소홀하다며 펄펄 뛰며
심장을 뒤집어 놓았던 여인
시절이 여인을 데려갔는데
이놈은
까마귀가 전봇대에서 걸어 내려오듯이
유리창에 비친 그림자처럼 느긋하게
그 여인도 데려오라 하네
얼마든지 와 보라 하네
만일 말야
그 여인이 돌아와 마주 선다면
여인은 너에게 뭐라고 할까

허구한 날
단 한 순간
이놈과 떨어지지 못하는 너를

가을 그리고 댑싸리

초롱초롱 아이들이
자기 키보다 큰 댑싸리를 걷어 안아
엄마 곁에 쌓아 놓고는
다시 그것을 걷어오고자 돌아갔다
간간이 부는 서풍으로 씨앗을 털면
엄마의 꿈인 양
씨앗은 한약재 지부자(地膚子) 돼
종로 한약방으로 팔려 가고
빼빼한 댑싸리 몸은 마당 비 되어
강 건너 천호리로 팔려 갔다

올해도 가을인데
어머니는
아직 댑싸리를 털고 계실까

시인이라면

아직도
나를 찾지 못한 나를 위해

칠흑보다 깊은 시를 써야지
이슬만큼 맑은 시를 써야지

구룡사

식은 해가
구룡사 북 마루 내려앉았다
뜨겁게 하루를 호령하던
절정의 의식을 접어두고
쉬고 있는 시간이다
그러자
저녁노을이
허기진 북 마루
식은 몸을 데워 주고 있다

오로지 매직이야

사랑이 진짜라면 설렘이 있지
그게 아니면 진짜는 아냐
아무리 조심해도 빠지고 말지
그럼
떨치지 못하고 함께 가는 거야
오직 한 사람뿐인 것이
꼭 미련한 곰 같아 보이지만
그게 제대로 가는 거야
사랑은
마음대로 채울 수 없고
마음대로 비울 수 없지
그래서
사랑은 오로지 매직이야

노숙자

4호선 서울지하철 혜화역
돌아누운
노숙자 등을 보았다

좁은 그의 등에도
봄이면
하얀 목련이 피웠을 테지

다시 수선사로 가자

벽장 속 감춰놨던 수선사
능청스레 설 감성 서성이고
기억 한 모금 목을 적시면
하얀 눈 푹푹 내려온다지

별빛 널을 타고 뜰에 내려
시린 그림자 마당에 서면
흩어진 목소리 주워 담아
별 소나기 뚝뚝 쏟아진다지

낱장으로 내달리는 서푼 빛
마른 억새마다 첫새벽 내려
장삼 입은 별지기는 다시
수선사 마당 쓸고 있다지

산꽃

어줍게 마주 앉아
설익은 위로 따윈 거두시라
꽃은 돌아앉아 누굴 원망할 줄도
모르고
미워함조차 배우지 못해서
손에 쥔 적은 시간이
부스러기 됨이 아쉬울 뿐이다
산길을 걷다가
홀로 핀 꽃이 저만큼 서 있다면
잠시 다가가 웃어 주시라
내일 다시 올거다 같은
어설픈 건 약속하지 말고
서 있는 대견한 모습에
그냥 미소하나 내주시라

지나간 후에

사랑은 했던 것일까
헤어지고 나서
나에게 던진 첫마디다
서로 의심하고
서로 미워하고
서로 늘 확인하려 했으니까
매번 헛 움켜쥔
버드나무 가지 맨 끝
너에게 불던 바람이었다

아, 그래
그건 했구나

시퍼렇게 새기다

나의 넋건이여
나는 운다
동배 된 너는 없는데
너를 되새김하는 내가
가여워서 운다
탐 꽃이라 칭하는 그들이
향기 없는 그들이
생명 없는 그들이
가여워서 운다

너는 끝내 몰라야 한다
아수라 넌 몰라야 한다
내 역사가
내 하늘이
내 가슴에
시퍼렇게 새겨놓았으니

바람이 불다

바람이 분다
바람이 부니
바람이 불고
기억이 눕는다
보고 싶은 마음이
풀잎에 앉았다가
날아가더니
또 바람이 부니
가던 길 돌아와서
온종일
징징거리고 있다

시작은 늘 혼자다

함께 하는 이 많고
한참을 시끌시끌했는데
바람이었나
목소리 없는 시작은
원래 혼자였으니
소리가 누워 일렁거리다

다시 걸을 수 있을까
끝은 다시 시작이라
일어나 걸어야지
시작은 언제나 외로우니
길가에 꽃이 피었고
연한 바람 포근하다

부창리 이별

한여름 화사했던
한해살이 한련화
그녀에게 묻는다
내년에도
나를 찾아 줄거지?
고개 숙인 그녀가
대답 대신
몸체를 떨구었다

Okee 0417

하루에도 일천 수백 번
곁에 있어 행복인 사람
갈 하늘 하얀 억새처럼
눈이 부셔 아까운 사람

4부

망설임은 늘 그자리다

시간이 지쳐 고단하면
낮은 곳으로 아픈 곳으로
흐르고 마는 것이다
흔들리는 가슴은
아주 쉽게 사람들에 들키고
은밀히 던진 눈빛도
빗점 동공에 들키고 마는 것이다

메꽃

홀로 선 꽃은
혼자여서
진파랑 자신을 안다

혼자 피고
혼자 질 줄 아는 자태

하얗게 외롭고
빨갛게 설렘이
노랗게 야윔은
산길에 홀로 피었기 때문이다

오롯이 혼자

검단산은 알지

늘 걸어 오르는 아침 햇살에
철철이 밀감빛깔 산이더니
정상은 한 구비 뒤에
또 구비 뒤에 숨어 있다
숨소리 거칠게 오르고 올라도
쉽게 속살을 내주지 않는 그
산 아래
길게 내려다보이는 북강은
아주 게으르게 누워
골마다 말마다 못 한 이야기
멈추어 듣다 늦은 남강에게
오후에서야 합을 허락하고
조선의 한을 안은 백자기는
채 다하지 못한 비색의 꿈
물 잠긴 분원 골에 숨기다

사은회

여울처럼 학예회를 연다
그간 미흡했던 이야기는 슬쩍
내민 손으로 대신하고 제자도
이젠 은사 모습과 흡사한데
머리 내밀어 가슴에 안기고
주름진 어리광을 떠는 날
아파트 울타리엔 꽃 피어나고
꽃은 학창의 열정 붉은색이어라
노 은사 눈에는 이슬이 내려
첫눈 내리는 교정
늦은 학예회
늘 지각이던 어린 손들이 분주해
다시 시작하는 수업 시간
연 일회 장미 핀 오월에 열리는
○○ 사은회

구리문협 정전

전깃불이 나가자
곧바로 소란스러웠다
이문안 저수지를 밝히던
사십 개 등불
온갖 빛으로 수놓은 색실도
걷어내 던져졌다
가장 아름다운 등불을 걸었던 이는
가장 역한 얼굴로
자신의 등불을 내던지고 지나갔다
문인의 발걸음은
새털보다 가볍고
높은 곳을 지향하는데
한 손에 붓을
다른 한 손에
등불 들고 걸어가는 이들
이들도 한 번은
그러고 싶을 때가 있는가 보다
저들도 한 번은
손에 든 모든 것을
동댕이치고 싶었나 보다

부창리 이십리

사막의 향기로
가을을 그리고
목소리 보고 싶어
기억을 색칠했다
그래도
갈증이 더 심하면
얼른
허공을 보았다

하루 의식

아침에 눈을 떠
너를 더듬고
잠자리 눈감으며
너를 안는다
혼자서
살 수 있는 의식이다

왜 그럴까

왜들 그럴까
나는 또 왜 그럴까
마음은 언제나 바쁘기만 하지
그에 따른 대가는 느리고
반성은 아예
시작할 티끌조차 없는 것이다
그러다가
시간이 지쳐 고단하면
낮은 곳으로 아픈 곳으로
흐르고 마는 것이다
흔들리는 가슴은
아주 쉽게 사람들에 들키고
은밀히 던진 눈빛도
빗점 동공에 들키고 마는 것이다
왜들 그럴까
나는 또 왜 그럴까

아내

164센티 24인치 49키로그램
긴 다리 보드라운 손
그녀의 아름다움은 늘 건재하건만
호기심보다 익숙함이 커져갈 때,
그녀는 산을 오르기 시작했다
가슴에는 붉은 파이오니아가 돋고
나의 영역은 줄곧 줄어들었다
가끔은 그녀 따라 산을 오르지만
이미 저만큼 앞서가고 있었다
벌어진 간격을 메우고자 밤마다
등 신경을 곤추세우지만
이내 잠이 들었다

네게 말한다

이렇게 비오는 날
네게 말한다
천둥소리 동반한 날
네게 말을 한다
비바람 번개까지 고약한 밤
너에게 고백한다
지금껏 기억한다고
그러다 스러졌다고

기러기 나는데

하늘에
기러기 나는데
이제야
봄을 쓰다

꿈

나이가 들면
일, 친구, 꿈, 건강
그들을 상실하지만
맨 나중까지 간직해야 할 것은
꿈이리라

사과 빚는 누이

빨강 잠자리 한 마리
주름진 가을 모퉁이 서성이고
달빛 거름으로
별빛 정성으로
붉은색 음성 사과 빚는 누이
달빛은 누이 닮아 하얗고
별빛은 누이 닮아 빨갛다
꼬두람이 끈으로
어둠별 희망으로
보릿동 아우들 오동 나뭇잎
품으로 안아 준 누이
누이 가슴에선 어미인 양
가이아 향기가 피어났다

눈썹 달빛이 마냥 은은하고
물지게 바지랑대
호수에 빠진 달빛별빛 길어 올려
사과나무 정수리 부어주는 밤
달빛은 누이 닮아 하얗고
별빛은 누이 닮아 빨갛다

횡성 오일장

장마철에 만난 햇볕만큼
푹 젖은 기다림으로
횡성 오일장에 간다
풋풋한 햇 푸성귀
비로소 살아 있는 목소리
알록달록한 행렬
꼭 필요한 물건은 아닐망정
이거저거 흥정을 하고
웃고 깎고 우기고 깎아 양껏 사둔다
시골 오일장 아직
살아 있는 아우성이다
떠들어 허기진 뱃고래
장터 인심으로 간을 한
막국수로 채워 넣고
이제부턴 장 구경이다
흥청흥청 어기적어기적
사람들 구경이다

달력에 있는 1일과 6일,
아! 오늘이 장날
어떤 사람을 만날까?!
무슨 물건을 만날!?

봄을 기다리다

기다리다가
기다리다가
드디어 봄이 왔다는데
온 것도 모르다가
어라, 이미 가 버렸네
기다림이 길었는데
막상 왔는지도 모르게
봄은 이케 가버렸다

청춘도 그랬거든
소중한 것들은
소중함을 알기도 전에
떠나고 말았다

망설임은 늘 그 자리다

되돌리기엔
너무 많이 왔고
놔버리기엔
너무 많은 시간
그러다
이러다
그렇게 망설이다가
여기에 있는데

그런데 어쩜,
처음부터 이리
정해진 게 아닌지
하는

함께 100년, 다 같이 인창

-인창초등학교 100주년 기념 헌시

서기 1921년 5월 17일
삼각산 동남터
아계산 내림 뫼에
캄캄한 일제 어둠 속에서
한 줄기 희망이 부어지듯이
설레는 가슴으로
개교의 아침을 맞이하다

조국의 아픈 몸은
삼일 만세 소리로 깨어나고
인창인 장한 포부는
유구한 역사 문화
한민족 정기 계승하였다

동구릉 높은 자리에
조선을 세운 태조가 숨 쉬고
아차산 정상에는
고구려 광활한 꿈이 남아

조선의 뿌리 깊은 인창에서
고구려 혼이 서린 인창에서
조선의 정결을 배우고
고구려 기상을 가져라

지난 일백 년 돌아보면
인창 이름 받은 2만 명 동문이
저기 한강 물결 따라 세계로 나가
인류를 위하고
조국을 빛내고
소금 역할로 사회에 헌신하며
느티나무 되어 구리시 지켰으니
인창 개교 100주년 잔치여
성대하여라
역사에 남으라

자, 이제
지나온 백 년은
나아갈 천년을 만들고
다시 만년을 주추 놓아
인창초교 영원하여라
인창초교 별빛이어라

기억 한 조각

학교에서 돌아오는 길은
지평선 가득 호밀밭이었다
길옆으로 끝없이 펼친
호밀밭 속으로 한참을 뛰어 들어가
가방을 획 던져놓고
그 위에 머리 베고 누우면
하늘은 온통 깜짝 놀라 달아나는
얼룩 도롱뇽 무늬
하늬바람 한 조각
호밀밭을 휘젓고 지나면
가슴 덩달아 출렁거렸다

예봉에 들면

청산에
술병 걸고
청계에 발 담구어

시상을
풀어낼까
시도를 그려 볼까

낮달도
이백이 되어
취중한담 하던 걸

백목련

새날
하얀 새벽을 여는 순간,
불쑥불쑥 솟아나는 꽃등
아,
어쩌지 못하는
절정

나리꽃

연주황 나리꽃 피면
꽃주름 속에 하나 숨겨 둔다
바람 부는 날
언 듯 주름 펼쳐지면
그 속에 남아 있던
기억이 나비처럼 살아나고
새롭게 피어나는
아주 오래된 진행
진작 배동바지 꿈틀거렸다
가을 풍성하고
여름 볕은 강렬했건만
봄은
저기 선 나리꽃에서
온새미로 가물거렸다

호이안 밤

야경은 시끌거렸다
타운을 갈라 흐르는 투본강은
풍등불 옷을 입고는 우렁우렁거렸다
다가올 시간을
예단한다는 게 얼마나 큰 허망일까
사람들의 소원 그득 담아
함초롬 매단 종이배는
그 무게를 이기려 뒤뚱거리며
어디론가 흘러가고 있다
호이안 밤은
지나간 공간을 되돌리고
다가올 공간을 정지시킨 시간이다
이곳은 분명 초행인데
낯설지 않은 기억들과
호객하는 시장 여인 목소리
바람이 실어 오는 살 내음
분명 다른 두근거림이다
어쩜 나는
임진년 포로가 돼
나가사키를 떠나 이곳에 온
노예선 도공은 아니었을까?

나의 문학에 대한 소고

나의 문학에 대한 소고

1. 문학을 향한 걸음

나는 그동안 일 천수에 가까운 시를 썼다. 그들은 내가 만든 거지만 각자 다른 색깔과 모양을 하고 있다. 어떤 놈은 예쁘게 태어나서 나를 쳐다보고 늘 웃음을 웃어주지만, 더 많은 그놈들은 만든 나의 눈에도 예쁘거나 마땅치 않아 밖으로 내놓지 못하고 생명을 포기시킬까 하다가도 차마 그러지 못하고 한쪽에 누여 놓고 있다. 어쩜 자식과도 같은 심정이어서 애잔한 마음에서 일게다. 아마도 자식을 여럿 키우는 부모의 마음과도 같은 것이리라.

그간 시를 쓰면서 나름 그들을 빚어낸다는 신념으로 수많은 밤을 새워가며 혼을 들이건만 막상 완성된 그들의 모습은 내 마음을 충족시키지 못한다. 그럴 때면 좀더 노력 부족인 나 자신을 탓하기보단 타고난 문재를 한탄했던 적이 많았던 것 같다. 돌이켜보면 문학에 대한 공부를 체계적으로 하지 못한 탓일 수도 있겠다 싶다. 구리시가 구리면 이던 시절, 14명 대식구 중농가에서 태어난 나는 어려운 과정들을 거쳐 서울 인문계 고등학교에 다닐 수 있었다. 학교 문예부에 들어 문학을 접하게 되는데 당시 문예부엔 문학서적을 읽고 토론을 하는 프로그램이 있었다. 아마도 학생들에게 인문학 서적을 많이 읽게 하려는 담당 교사의 의도였을 것이다. 어찌 됐든 나는 당시로는 지나칠 정도의 많은 양의 독서를 했는데, 분위기도 있었지만 내가 책읽기를 좋아했던 것도 있었을 것이다. 특히 방학 기간 중에는 공부를 전폐하고 시립도서관에 살며 이십 여권 이상의 책을 읽었던 것 같다. 주로 서양 문학서적 위주였는데, 깊이보다는 개학 후에 어느 책도 읽었다 하려는 장식용 독서였고 문예부 독서토론 시 자랑을 위한 독서를 했던 것 같다. 그러던 중 이웃 학교 문학의 밤 행사에 게스트로 참가하였다가 초대된 유명 교수의 과분한 평론과 좋은 시를 쓸 자질이 있다는 칭찬에 자만해서 문재를 타고났다는 착각에도 빠져버렸다.

하지만 그런 덕분에 정규 공부는 철저히 등안시 했고, 심지어 예비고사를 보던 해 여름까지도 신춘문예에 응모하겠다며 준비를 했었으니 공부를 곧잘 한다는 말을 들었던 나는 당연히 대학시험에서 내가 원하는 대학에 가지 못했다. 많은 절망 속에 학비 혜택을 받는 대학에 적을 두었다가 군에 입대하고 말았다. 그래도 문학에 대한 미련은 버리지 못했다. 하지만 제대 후 급격히 가세가 기울어 대학에 복학도 공부도 할 수 없었다. 그 후 공직에 있으면서 문학에 대한 열망으로 몇 번의 신춘문예에 응모하기도 했다. 하지만 결과는 번번이 낙방이었다. 한국방

송대학에 국어국문학과가 개설되면서 방송으로 문학 공부를 할 수 있었다. 그러다가 나이 사십에 전문 문예지로 등단하여 틈틈이 시를 쓰지만 이미 뜨거운 열정은 아니었다. 자신에게 직장과 가장으로서 역할 때문이라고 변명을 했지만 이미 젊은 시절의 설레는 가슴이 아니었던 것이다. 따라서 대학원도 심도 있는 문학 공부의 연장보다는 직장생활에 도움이 되고 학비 혜택을 주는 법학을 선택하고 말았다.

나는 한동안 타고난 문학적 재능이 있다는 자만심에 빠진 적이 있었다. 물론 지금은 아니란 걸 알지만 가끔 문학적 천재성도 타고나는 것이 아닐까 하는 그래서 오히려 나는 문학적 둔재는 아닐까 하는 회의에 빠지기도 한다. 그런데 과연 천재 시인이란 존재할까? 결코 아닐 거라고 여긴다. 타고난 문학적 재능보다 섬세하고 끈질긴 노력이 더 필요한 것이 문학이라 생각한다. 소위 천재라고 일컬어지는 정지용 백석 같은 시인들도 고뇌와 절규 그리고 극한 관찰에 의해 빚어진 그들의 시에 대한 찬사이지 천재성을 인정한다는 말은 아닐 것이기 때문이다. 그리하여 나도 뾰족함보다는 세상을 둥글둥글 받아들이며 삶의 미세함을 관조하는 경향의 시들을 좋아하기 시작했다. 곧 그런 류의 시를 쓰는 시인들에게 몰두했는데 송수권 정호승 나호열 김종철 등의 시인들이었다. 서정과 서사가 적절하게 조합되고 결합하는 그들의 작품에 몰입

하면서 나의 시들도 그들의 시 유형과 많이 닮아가고 있음을 느낀다. 하지만 나는 나이기에 나의 색깔과 나의 향을 불어 넣고자 오늘도 고뇌하고 관찰한다.

2. 나의 문학의 지향점

가. 미래 문학의 대처성

최근에 지인이 선물한 책을 읽었다. 〈에이트〉라는 제목의 책이었는데, 인공지능이 세상을 지배하는 시대가 오는데 오늘날 우리는 어떻게 대처할 것인가? 라는 명제를 붙인 책이었다. 우리 미래는 인공지능으로 대체되는 공간이돼, 그와 함께 오고 있음을 부인할 수 없을 것이다. 산업전선에서는 이미 상당 부분 인공지능 로봇이 기능공의 역할을 대신하고 있는 실정인데, 그 비율이 우리가 세계에서 제일이라는 것이다. 그렇다면 경제나 산업 분야는 그렇다고 하고 인문학은 어떻게 할 것인가? 인문학은 철학, 문학, 역사학을 말하는데, 철학만 하더라도 그 갈래가 서양철학 동양철학 인도철학으로 크게 분류하고 서양철학만 해도 고대철학 중세철학 근대철학 현대철학 등으로 나뉘게 되니, 동양철학 인도철학 역시 그렇게 분류될 것이고 거기에 속하는 철학자와 그들이 남긴 사상과 저서는 얼마겠는가? 문학이나 역사학이 또한 그러할 건데 인간이 짧은 평생을 살면서 그것을 모두 심도 있게 공부하고 연구한다는 건 불가능한 일인 것이다. 그런데 인공지능이 그것을 해낸다는 것이다. 이것은 이미 도도하게 흐르는 물결인 것이다. 그럼 미래의 문학은 아니 지금의 문학은 어떻게 대처해야 하는지 깊은 고민에 빠져야 할 것이다.

나. 문학인의 역할 제고

어떤 이는, 시인의 수가 밤하늘의 별보다도 많다고 말한다. 인간이 육안으로 볼 수 있는 밤하늘의 별들의 수가 대략 육천 정도라고 하니까 결코 틀린 말이 아닌 것 같다. 그렇다면 시인 개개인의 자세는 어떠해야 할까, 시인은 시를 쓰고 시를 발표함으로써 자신을 진화시키고 사회 전체와 소통하는 것이다. 또한 사회를 향해 아름답고 긍정적이며 자유와 행복을 추구하는 메시지를 전달할 때 비로소 그 존재성이 있다 할 것이다. 따라서 시인은 내면에 있는 것을 모든 것을 비우고 자신을 빈껍데기로 만들어 봐야 한다. 문학이란 원래 빈 내면의 창고에서부터 새로움이 시작되는 것이기 때문이다. 가끔 일상생활 속에서 편히 인용하는 말로 "너 자신을 알라"라는 말을 쓴다. 철학자 소크라테스가 말했다고 하면서 "네 주제부터 파악하라"는 말로 쓰여지고 있다. 하지만 진정한 뜻은 우리가 알고 있는 내용과 정반대의 뜻이 들어 있다. 오히려 너 자신이 고

귀한 존재임을 알라는 뜻이라는 것이다. 우리 문학도 진정 인간의 존엄성을 중시하는 게 작가들의 도리이고 문학예술의 의무이기도 한 것이다. 그런 면에서 문인들은 따뜻함을 가지고 있어야 하고 그것을 잃지 않기 위해서는 각고의 노력이 필요하다. 그런데 밤하늘의 별보다도 많은 시인들은 과연 그러한가? 아니 그렇지 않다고 생각한다. 어쩌면 일반 시민보다도 더 편협하고 깊은 아집 속에 빠져 있음을 지적하지 않을 수 없다. 시의 향기만큼 시인의 품격도 함께 해야 하는데 많은 그들이 시인이라는 명칭을 자신의 알량한 직함으로 또는 장식품처럼 여기고 본분을 망각하는 사례가 많아 개탄스럽다. 물론 나 역시 여기에서 완전히 자유롭지 못함을 고백한다.

문예사조에 대해서도 말해 보고자 한다. 문학을 이야기할 때 친숙하고 따뜻하며 가장 편하게 대할 수 있는 게 서정성이다. 하지만 현대 시에서는 서정적이다 하면 이미 낡아빠져 더는 새로움을 줄 수 없는 용어쯤으로 전락시켜 버렸다. 그렇다면 지금의 현상은 어떤가? 소위 리얼리즘은 예술의 이념화와 경직성을 초래했고, 모더니즘 역시 고립과 비인간화를 초래했다. 또 포스트모더니즘은 내부로부터 모든 것을 해체 시키고 기존 질서의 필불을 걸러냄도 없이 파괴를 시도하고 있는 중이다. 그러다 보니 인간의 존엄성, 따뜻함은 없어졌고 거칠고 메마르고 차디찬 문학의 세계가 펼쳐지고 있는 것이다. 이렇게 을씨년스럽고 눈

내린 허허벌판에서 결코 베스트셀러가 나올 리 없고 의미 있는 그 어떤 몸부림을 하더라도 이미 그들만의 리그가 돼 버리고 말았다. 지금의 이 상황들이 결국은 문학이나 시인 조차 인공지능으로 대체가 가능하고, 최종에는 그들의 지 배까지 당할 수 있다고 경고하고 있는 것이다.

다. 문인의 자세와 실천의 중요성

목월은 "문학을 하는 사람들은 가슴에 사랑을 가득 담 고 사는 사람들이다"라고 했다. 바꿔 말하면 가슴에 사 랑이 부족한 사람은 좋은 글을 쓸 수 없다는 말이다. 그 렇다고 가슴에 사랑만 충만하다고 좋은 글을 쓸 수 있을 까? 또 그렇다면 어떤 방식을 갖고 글을 써야 하나? 북 송 때의 문호 구양수는 좋은 글을 쓰는 왕도는 "많이 읽 고, 많이 쓰고, 많이 생각하라"라고 말한다. 저서와 글을 다산한 여유당은 "사람이 글을 쓴다는 것은 나무에 꽃 을 피우는 것과 같다"라고 말하고 있다. 시를 빚고 글을 쓴다는 것은 아름다운 작업이지만 그만큼 힘든 일이기도 한 것이라 말하는 것이다. 그러한 의미에서 문학을 하는 사람은 "힘들고 고통스럽지만 아름답고 행복한 길을 가 고 있다."라고 정의하고 싶다. 창작 예술은 새로움을 찾 아 진리를 불어 넣는 일이다. 따라서 시인은 메마른 땅에 생명력을 불어넣는 사람이다. 보편적인 시대 통념을 거부 하는 것도 시인이 하는 일이다. 안주와 나태를 거부하며 오직 독자에게 다가가려는 일념이야말로 시인을 더 풍요롭게 할 것이다. 아름답지만 차가우며 따뜻한 메시지를 담는 것이 문학인의 역할이다. 그러므로 시인으로서 세상과 사회의 정서를 공유하고 정화하는 역할을 다해 나가고자 한다.

3. 마무리

요즘은 물멍 숲멍 하늘멍 등등이 유행하고 있다는데, 나는 주말이면 조그만 안식처 강원도 횡성 부창리에 내려와 숲멍 하늘멍 물멍을 하며 지낸다. 이곳은 유명 관광지이거나 풍광이 좋은 곳은 아니다. 전형적인 강원도 자연부락에서도 외져 산그늘이 내리는 누옥이다. 그래서 가끔 지인이나 친척들이 와서는 교통도 안 좋고 이거저거 불편한 이곳에 왜 내려와 있느냐며 타박을 한다. 하지만 이곳은 우선 조용하고 공기가 맑으며 밤하늘엔 별이 쏟아진다. 주변 산에서는 종일 새소리가 열리고 이 따끔 고라니 놈들이 자기 소리를 맘껏 지르는 곳이기도 하다. 이곳은 또 시간이 정체돼 있다. 하여 나는 이곳에 心閑軒 이라 문패도 걸어줬다.

밤이면 책꽂이에 있는 시집 중에 한 권을 꺼내선 잠자고 있던 시어들을 흔들어 깨우고는 소리 내 낭송하는 재

미에 빠져 있다. 메이저 시인들의 시집보다는 아직은 무명 시인의 첫 시집을 꺼내 드는데, 조금은 매끄럽지 못한 낱말들이지만 혼신의 다한 결정체로 완성해 낸 그들의 시와 시어들이 더 순수하고 더 의미가 있다고 여기기 때문이다. 「시인이 시를 빚어내는 일은 새로운 진리를 빚어내는 일이다.」 이 명제 하나로 시인이 존재하듯이, 나의 문학이 세상과 그리고 내 삶을 더욱 풍요롭게 할 것이라는 신념으로 글을 쓴다.

계묘년 시월
부창리에서 이경석

떠남은 서낭이다

이경석 지음

발행처   도서출판 **청어**
발행인   이영철
영업   이동호
홍보   천성래
기획   남기환
편집   이설빈
디자인   이수빈 | 김영은
제작이사 공병한
인쇄   두리터

등록   1999년 5월 3일
          (제321-3210000251001999000063호)

1판 1쇄 발행 2023년 11월 30일

주소   서울특별시 서초구 남부순환로 364길 8-15 동일빌딩 2층
대표전화 02-586-0477
팩시밀리 0303-0942-0478
홈페이지 www.chungeobook.com
E-mail   ppi20@hanmail.net

ISBN   979-11-6855-209-8(03810)